奔 跑 的 水

晁如波 著

吉林人民出版社

图书在版编目(CIP)数据

奔跑的水／晁如波著. — — 长春：吉林人民出版社，
2023.1(2024.1重印)

ISBN 978 - 7 - 206 - 19636 - 2

Ⅰ. ①奔… Ⅱ. ①晁… Ⅲ. ①诗集 - 中国 - 当代
Ⅳ. ①I227

中国版本图书馆 CIP 数据核字(2022)第 225429 号

奔跑的水

BENPAO DE SHUI

著　　者：晁如波
责任编辑：卢俊宁　　　　　　　封面设计：墨知缘
吉林人民出版社出版发行(长春市人民大街 7548 号　邮政编码：130022)
印　　刷：北京一鑫印务有限责任公司
开　　本：710mm×1000mm　　1/16
印　　张：12　　　　　　　字　　数：126 千字
标准书号：ISBN 978 - 7 - 206 - 19636 - 2
版　　次：2023 年 1 月第 1 版　　印　　次：2024 年 1 月第 2 次印刷
定　　价：68.00 元

如发现印装质量问题，影响阅读，请与印刷厂联系调换。

写作于我是一种积极的人生态度

文字是真实的，文字里的我也是真实的，写作于我是一种积极的人生态度，用虚无消解虚无，用积极对抗消极。偏安一隅，静待花开，安静地生活，安静地写作，安静地打量这个世界，与时光相看两不厌。安静有时也是一种积极的人生态度，它令人深邃、冷静、客观且包容。

对于一个写作者而言，对自己所写下的每个字负责更是一种积极的人生态度。在创作这部诗集的过程中，我一再提醒自己要关照我脚下的这片土地，关照这个时代，关照这个时代中的人，于是运河、洪泽湖、水、发展、故乡、爱与情谊这些永恒的元素再一次滋养了我的文字。从爱水、惜水到对生态环境、人生境遇的现实考量，力求从"寻思"走向"寻言"，再从"寻言"抵达"寻思"，重返河流湖泊，重返水，重返生命的起源，重返生活，重返人类自己，在限制里寻找张力，在规则里寻找自由，在现实主义的底色上实现一次精神上的飞跃。当然也许我的文字表达并没有抵达我想要的思想境界，为此我深表遗憾，也请各位师友、读者朋友们不吝赐教，成长的道路上有您一路相伴，人生快哉。

美国著名作家福克纳说："我一生都在书写地球上只有一枚邮票大小的地方，那就是我的故乡。"然后他成了世界级文学大师。他的作品没有随着他的离世而离世，而是在世上获得了永生，被世界各国人民一遍又一遍地诵读，他为世界研究他和那个时代打开了一扇窗……福克纳的写作经验告诉我们：今天的，就是未来的；民族的，就是人类的；地方的，就是世界的……

受大师指引，这本诗集也大量书写了我的故乡，大运河畔、洪泽湖边。全书共分为三个部分，"在水一方""顺水前行""击水高歌"。在这里，一个水边长大的孩子，将为您打开一片静幽、柔媚的水世界，她有着水的单纯和澄净、柔情与执着，她对待世界的态度惊人地与水一致，她写的不仅是水边世界，更是尘世间。

晁如波

2022 年 9 月 16 日

目
录

第二部分　顺水前行

第三部分　击水高歌

在水一方

ZAI SHUI YI FANG

一条大河在我的生命里行走自如（组诗三首）

一、驮起故乡

轻些，再轻些，不要吵醒睡梦中的故乡

一条大河正打着轻鼾，梦里轻唤我的乳名

一双脚也学会了丈量，向前一步后退半步

从左肩换到右肩，我感到了你的重量

今天将有一个人，驮起故乡去流浪

一轮明月，是如何温暖一个人胸腔里的苍凉

这朴素而又古老的词汇哟

在书里、在纸上、在每一个游子的心里已躬耕千年

从此，繁华深邃的苍穹

注定有一颗最亮的星星是生我养我的故乡

我把月亮从东窗望到西山

望着，望着，它就成了母亲手里的一块炊饼

散发出故乡的味道

二、开放在嘴角的花朵

一些青蛙的叫声因为想念荡气回肠

一棵芦苇坚持长成高瞻远瞩的样子

一只苍鹰总是回首眺望

山那边的炊烟有没有升起

一只花骨朵的胎记在绽放中裸露出来

在梦里，我记得一棵水草的柔美

并感激她长久以来的馈赠

一条大河在我的生命里行走自如

一些心灵携带伤痕，它脆弱的样子被风吹折

一块红薯的记忆它不曾走远

热爱飞翔的人，她翅膀上的春天越来越辽阔

静下来，再静下来

我听到了梨花的呼唤、桃花的嚷吵

我清楚地记得它们来自哪个方向

一个流浪的人怀揣着一壶烈酒

就着记忆里的郁郁葱葱，独自一个人醒着

而在醉了的时候，一个名词是一朵开放在嘴角的花朵

三、回到故乡

小草还是几年前的样子，它坚持的姿势让人心疼
小树已长成了大树，丢掉了往日的腼腆
像极了一个人的脸，华发早生，枯皮初长
那些芙蓉和菊花从几年前一直绽放至今

这是我的故乡，一个人的故乡
心尖的疼痛在一阵乡风的轻抚下不治而愈
这里的每一条河流都和我血脉相连
香椿是我的哥哥，芦花是我的妹妹
坐在炉膛边的是我的母亲，扛着锄头的是我的父亲

一个方向是我一生信念的守望
一滴水如果回到故乡就能汹涌成一条大河
小河边的柿子树上缀满了柿子，一个个情绪饱满
像一盏盏明灯，为一个流浪的人日夜守候

我回来了，虽然我还要走，要走的也许仅仅是躯壳
我会把我的思念留下，并且种植到土里，记取每一寸
土地的样子
下雨了，我让它发芽

出太阳了，我就把心灵的每一寸角落都拿出来翻晒
折叠

春天来了，让花开到烂漫

秋天到了，我是一位坐在纸上的老农哟

手握笔杆

流放文字（组诗三首）

一、文字在流放

七雄争霸的围场里，谁是那个突围的人
中原逐鹿的战场，最后将会鹿死谁手？
想用一支笔收割高粱，有稗草躲在身后
想用文字放歌，天空里开满灿烂的花朵

渔父的哲学不是你的哲学，或清或浊的沧浪之水
想通和想不通都是因为同一件事，浪花在瞬间绽放又
即刻凋零
汨罗江里的水一浪高过一浪，谁也别想带走一朵
虽然在某个时间里，它曾在我们的掌心里烂漫绽放过

死亡是每一个人的归宿，很多人试图绕行
绕开道路泥泞，却和路尽头的石崖撞个满怀
来过，看过，想过，做过，思考过，只能走过
很多求索的人，不停地重复你的话语

路漫漫其修远兮，吾将上下而求索
你——一个诗者
魂兮归来否?!
文字注定是一朵迟开的花儿，只在身后恣意
坚持和固执只是一念之差，好像太阳和太阳的影子
怀王不会想到他流放的不仅仅是一个热爱祖国的人
浊王醉了，臣子醒着，而你只能流放文字
历史是蒙眼行走的人，走过了才知道山路崎岖

二、有花儿在放歌

香草美人，都是花
盛开在《离骚》里
一颗炽热的心在文字里流浪
伤感一层叠过一层

一匹战国的白马
身披斜阳向崖边疾驰
那一地的飞尘啊
正等待谢幕

怀王的心是虚掩的城门
应关在门外的却挤进门内

该走进门内的却关在门外，无处安放

报国只能低头夜行，因为道路坎坷
即使以文字为犁头
又怎能将所有人的心都一一翻遍

三、站立成橘

从香溪里长出的一棵树，该有多么挺拔
却把名字送给姐姐，秭归，弟也归吗
多少文人在此攀爬，郭沫若不虚此行
文字里精彩纷呈，而生活是文字以外的东西

楚文化是你的文化
楚文化是龙舟和粽子的文化
龙舟和粽子因你而设，其实不用打捞和喂养
在楚地你永远以站立的姿势，不曾离开
因为你，人们一次次将龙舟和粽子请出
因为龙舟和粽子，你被故土一次次唤回
抑或都不是，那是为了什么呢
我在一本书的批注里找到这样一行字
屈原，伟大的爱国诗人
"爱国"两个字闪着熠熠的光和亮

梦里的江山
总因为那几棵橘树常青

《橘颂》里描绘的那一棵橘树
一直在楚地活着，生机盎然
到此一游的人，都会伸出手摸一把
摸一把就能把快乐和吉祥带回家
我摸了两把，你一定知道我还想多带回些什么

太阳和月亮轮流被抱在怀里
日出而作，月出而息
万物日夜竞相生长
一棵奔跑的橘树，从战国飞驰而来
它追赶的不仅仅是春天
虽然诗里已经春暖花开

雪，是天空的诗篇

大提琴的一根弦动了一下，那样苍凉，那样哀婉
天空就有雪花纷纷坠落，那样安静，那样优美
多少年了，我一直和现实保持着一贯的疏离
今夜因为这场雪，我融入夜色
企图将黑夜的黑染白

在一朵雪花之上，我踮起脚尖，那样忧郁，那样胆怯
生怕将一片雪花的白——惊醒
湖边的一棵芦苇不停地摇摆
试图用无谓的忙碌阻碍时光的老去，那样苍白，那样无力
一朵朵雪花成群结队自天空坠下，以一种决绝的姿势
我总是担心这样的义无反顾会不会擦破大地的脸庞

黑夜像一匹马
试图在天亮之前把所有的雪花从天空运回大地
我妄想接住一枚雪的花或者雪的果
也学她的样子作一次绽放或者坠落
可是我真的不够勇敢，我怕疼

我怯怯地把一场大雪下在一张白纸上
让她在正确的时间里开放
开成我喜欢的黑色和白色
长成我想要的模样
纯洁、忠贞、善良、真诚

今夜大地激情地抒写
雪，是天空的诗篇
顺着往事我再也找不回自己
雪花你挤着我，我挤着你，也没有把天空挤破
一粒雪以一种挑战的姿态逼进我的眼里
哗一下，我放弃了虚妄的自尊
在往事里夺路而逃

薄　雨

一场清晨的薄雨

在母亲和我的头顶抚过一遍又一遍

不一会儿

一些跑到我们的前面，一些落到了我们的身后

还有一些与我们并肩而行

母亲用平板车拖着一车山芋

我用一根绳子在她的前方

将落在身后的平板车和生活一起向前拽

雨一直在下

借城市的繁华挡雨

天空仿佛撕破的裤子，口子越撕越大

母亲用湿着的手蘸一点唾液

把那些零星的小钱数了一遍又一遍

然后轻轻地说，正好够你的学费

我把头微微仰起

我怕

我一低头雨水就会从我的脸上流下来

流下时
像又下了一场薄薄的雨
仿佛谁的泪

湖畔轻歌

因为我的到来

一湖的水，突然就安静了下来

仿佛一篇锦绣大文章

忽一下，拉开了卷轴

铺呈在大地之上，银灿灿的

闪着千里光华，飘着万里墨香

一湖的针鱼、鲫鱼、青鱼、刀鱼……

畅游其中

甲鱼向来警惕，随时都是战备状态

小龙虾羞羞答答，一派琵琶女遗风

只有大螃蟹气壮山河，有大诗人苏轼的豪迈

一只金蟾坐在岸边，从从容容，方寸之间吐纳自如

像一位气吞山河的将军

高高的柳树上

一只金蝉试图挣脱命运的壳，暗自挣扎着

槐树下，一只灰喜鹊对着我咕咕地叫

梅花早就谢了

一朵莲花在睡梦里笑出了声音

一些花总开在我们的心里

一些花却一直开在我们的视线之外

凉亭站在湖畔休憩

两只白鹭抱着一轮夕阳向西飞

一支毛笔走进凉亭，笔下花意妖娆

那朵无名的蓝色小花被一尾银鱼衔在嘴里

口水溢出了纸外，墨香很浓很浓

一朵流浪的云困乏至极，已沉沉睡去

一枚闹脾气的果子一直杵在那里，

总是未见有人哄它，给它台阶下

一只蟋蟀闭门觅句，彻夜苦吟

有大诗人贾岛锤句炼意的执着

一只蚂蚁驾一叶扁舟，游遍大江南北

污染与发展这事不归它管

我骑一条大青鱼，游历大湖

鳍上的边疆辽阔

这儿的湖水我想它怎么蓝，它就怎么蓝

我取其蓝，用来酿酒，暖生涯

这儿的天空，我叫它怎么白，它就怎么白

我取其白，用来做嫁衣，奔前程
用来托付闲愁点点，相思处处

夜晚，湖畔无人
久久站立的我仿佛已经生根，侧了侧身子
努力和一棵大柳树保持格调相同、步调一致
一只萤火虫，提一盏灯笼
站在湖边，为我照明

一只小狗伸出舌头舔着天上的月亮
我照着它的样子在地上画了一个圆
冒出香喷喷的热气
近处的两三点渔火
将远方点燃
天空和大地之间
留下一段空白，让风来落款
我另起一行
在湖面上写下：洪泽湖，我的母亲湖
所有的爱抚和庇佑纷至沓来……

雪中洪泽湖

眉眼低垂，你端坐大地之上

松树横斜，插入你的青髻

一树的枝条是倒垂的银簪

一湖水挂在耳垂之上，闪烁千里浩渺

一朵雪花贴在鬓角，暗香盈面

轻举手，缓抬足

你的双脚荡开一阵春风

一群雪花，一边开放，一边凋零

柳条绰约，一会儿跑向风，一会儿迎向雪

堤上青石伸开双臂

接住成堆的雪花

和偶尔跌落的一二声鸟鸣

把它们撒向大湖，唤醒万物

兰草的轻拂

是你腰肢的扭动

雪花伸出纤纤十指

将一湖的水拨响

琴键上万水奔腾而下

一湖的水，口吐莲花

渔歌从远处的湖面上飘来

反复荡涤天空和湖面

你的脸庞胜皓月三分

一分端庄，一分淡雅

还有一分高贵

湖中的水以雪的形式爬上堤岸

与古老的渔歌一唱一和，载歌载舞

湖边的芦苇是前世今生的知音

临水照影，相依相伴

它活在你的心中，你是它的尘世间

碎花小袄一件，背影窈窕

你的美，高出这个世界一截

驻足，转身

深情地凝望这个尘世

然后纵身一跃，悄然潜入大地的怀抱

用淡泊滋润明天

用宁静喂养远方
留下一湖的雪独自心跳
而在湖水的蓝里
你一隐就是数年

月下湖，湖边月

是谁一伸手将一轮满月

挂在了洪泽湖的正上方

今夜洪泽湖岸边什么都有

蟹香、桂香还有月饼香

青荷向我们摊开了手掌

一大批红菱尖叫着涌向我们

我们一会儿跟着月亮跑

一会儿又跟着风跑

却一直把洪泽湖扔在身后

一眼望不到边的湖水

没有路，一只兰舟却已出发

舟过有痕，人过留名

而水，一边留痕一边匿迹

润万物于无声无息

湖的上方，月光撒向水面

像一枚又一枚闪闪发光的银币荡漾开去

在洪泽湖，水是白的，月也是白的

你分不清天上的月白

还是湖中的水白

站在湖边的人，问天问地问月

由洪泽湖来回答，并大声念出答案

八月的洪泽湖岸边

还是有一些喜气的

比如坐看湖边月

比如夜游月下湖

一些词被自然填充后显得饱满

一些饱满的词里装满了月光和丰饶

诗里的母亲

你别以为我写下这首诗

我就有多孝顺

其实我就是一个在纸上种字的人

和农民在田里种谷物没什么两样

我在纸上写下母亲两个字

就有爱和信任长出来

当然也会偶有愧疚掺杂其间

我陪字的时间比陪母亲的时间多

我在诗里种蒲公英和丝瓜

让蒲公英浪迹天涯，如我

那些细碎的漂泊和悲凉

让无数小丝瓜垂结于丝瓜藤，如我的母亲

要多无可奈何就有多无可奈何

前面抱一个后面驮一个

累得直不起腰的母亲

只能在大地上躬行

而蒲公英却已走得很远很远

寻寻觅觅一种恰当的表达

让诗里的母亲永远年轻

满纸的文字和标点

昨夜和月光一起翻墙去了唐朝

至今未回，母亲怕我熬夜嚷着不许找

其实我没有告诉她：那，也是她的孙辈

很多年后，它们、我和我的儿女都将替她活着

老家门前的柿子树结满了果实

我把它们赶到文章的最后一行

觉得不妥帖

又向上栽种到第一行

那张老得不能再老的牙床上

母亲的白发落满厚厚的雪

我迁怒于老家的月光

太白了

长夜里，我对着月亮的白和黑夜的黑

忏悔

决意不再为自己能撒豆成兵

有一点点得意

好一句

"低徊愧人子，不敢叹风尘"

读懂的人眼睛里蓄满泪水

一棵玉米的声音高过秋天

夜无眠
一棵玉米站在冷风里
对着黑夜用力地尖叫
声音将天空撞掉一角

白胡须长回黑胡须
不停地老去和返老还童
其实在同一条路上

一直以站立的姿势
夜夜倔强，日日宁静
一缕似有似无的芳香
赢得多少人爱的表白
可你在夜色里
都能坚持为我守身如玉

抱着夜色哭了一次
我知道，一切我都知道

只是请你不要催我
一定要等我想好了
然后再一粒一粒地饱满圆润

描　述

这个初冬的午后
我端坐在办公桌前
一杯菊花茶里端出的容颜
读出人间烟火
灵魂的舌尖
在生活的茶杯里掀起巨浪

遍寻生火的词语
想在寒冬来临之前
拥入怀中取暖
一朵沐浴的菊花
丰腴而妩媚
一滴水落在桌面上
像一次意外的放逐

茶杯的失意
是轻易倒出内心的秘密
用寂寥收割午后的阳光

用一句话退遣旧文章

用词语分行营造意韵

在一张白纸上

判阳光无罪，准他还乡探母

明日晨时回朝

这样的午后

生活向我，拱手一笑

我向命运，低眉作揖

那拉提随想

从远方赶来的人

只身扑向草原

在那拉提，人们想倒空体内的暗疾和痴狂

反抗命运显得多么愚蠢

解构现实又常常漏洞百出

风霜饱经的那拉提从来不拒绝风霜

时间和那拉提的风嘲讽一切

在那拉提，只有草原上一望无际的草

才配谈轮回和昔日重来

从远方赶来的人

飞身跃入草原

想用体内的黑和绝望

稀释那拉提阔大的浓绿

那拉提以一贯的包容接纳我们

用铺天盖地的绿熨帖眼睛和心灵

可站在草原上的我们就像一个污点落在草原

怎么擦都擦不掉

在那拉提，做一头吃草的牛
反刍时光
欣然接受命运所有的馈赠
绝不喊疼

在那拉提，还可以做一棵草
任人践踏任人宰割
任人放一场弥天的大火
这个世间没有什么能打败我
因为春风一唤我就又活过来了
因为这莽莽苍苍的大草原
因为这大草原上前赴后继的草
都是我
都——是——我

堤上青石

是沙的永恒凝结
是土的刹那柔情
风企图搬走她
使出的各种小伎俩都被一一识破
包括以泪洗面，包括肆意狂吼与撕裂

在大湖之滨
那些湖水因钟情于她的聪慧
匍匐于脚下
她的冷她的硬她的悟性
在拒绝和等待中升华成月光的清辉
淡淡地撒在一个人心上

她的爱只在内心深处绽放
但从不说出口
因为她相信只有相印的心
才能同时爬上夜晚的双肩
一个在左，一个在右
静静地，静静地，相互遥想

一枚花生不肯起来

一座小小的花生房
住着两个人
整天忙着打坐参禅

都已经秋天了
睡在大地深处的
请排列整齐，出来参见阳光
而在阳光下的肯定累了
该回到泥土的怀抱

只有这枚悟透世事的花生
想省去这一来一回的过程
坚持躺在泥土里不肯起来
与距离保持距离
不靠近也不远离
像极了两个人
坚持蹲在各自的窝点
既不肯长成一体

也不会隔山隔水

就这么望着
一望就是一生
就这么住着
同一个花生檐下
一住说什么也该是一生吧

女儿美不美

推开窗，打开门

把月亮请进家门

隔壁燕尔新婚

搅动了一池平静的秋水

书在桌上发狠

想去隔壁探个究竟

月亮欲言又止

守口如瓶

是她一生的誓言

把夜的黑放逐到门外流浪

唯一的笑容

只在不多的几个瞬间绽放

在书本的第 8 页第 9 行拐弯处

沉默

再右拐

迁徙到封面时

放下头发

转身，回首
悄悄问月亮
女儿美不美

水舞江南（组诗三首）

一、水之秀丽

一壶古色古香的水哟

在同里的厚蕴里长出新绿

一条条细小的河流仿佛偌大的水袖

在江南大地上甩来甩去

一河的水正在用同里口音浅吟低唱

旁枝逸出的合欢树斜靠在水边

把同里衬显得更加柳腰细出胸圆臂润

提鞋裸足走向水码头

想把自己洗得跟同里一样，一位绝色的江南佳人

游同里先记住这里的水

并舀起一瓢作为这首诗的韵脚

然后，把同里的水

捧在手里，映出江南的婉约

披在肩上，舞出江南的儒雅

踩在脚下

一尾清朝的鱼被双脚碰醒

二、桥之袖珍

一座座小桥是同里的儒生

它们饱读诗书，满腹经纶

身披唐宋的风月

游弋在江南的绵糯里

小吧，小到极致是勇气

仿佛大到无边是境界一般

一座桥的任劳任怨沿袭至今

并没有和朝代一起更迭

八百年后它驮的不仅仅是人和河流

还有同里的历史和文化

在那座最小的独步桥上经过

会和那个从同里长出来的状元不期而遇吗

因为小桥的小

在相互贴身而过的时候

会不会擦出爱情的火花呢

三、船之玲珑

同里的船不止在水里
岸上也有
岸上的船在风和历史里划动
古老的船只，完成了最后的使命
在一家大院的前门和时间的深处抛锚靠岸

一些船退到了火里
一些船走进了历史里
一些船徘徊在水里
当春风重新来临的时候
一场水的预谋
柔软的让所有的船只深陷其中并难以自拔

在同里，船和水相依为命
波浪偷吃年轮，阳光喂养水草
一株荷花被踩在脚底
你可以把它踩得更低一些
无论低到哪里
它都会开出花来

多看了一眼

总是在这样的清晨

总是在这个十字路口

你总是能和她不期而遇

眼光只作一次碰撞

然后又迅速分开

以可以变换的姿势

以不可抵挡的速度前进

没有必要知道她的名字

更没有必要记得她的容颜

只是在彼此互望的那一瞬

震撼是如此深入人心

可是今天

就在彼此擦肩而过的时候

你猛然回头又多看了一眼

是因为这个蠢蠢欲动的春天

还是因为你偶尔也脆弱

日　子

如水的镜子里

额头的皱纹

眼角的鱼尾

——摆动

历史的长河里

有限的岁月

无限的江山

——轻叹

我能过的日子

好的，没去挑拣

坏的，不去逃避

一天一天过下去

等待着一种自然的沉淀

五月（组诗三首）

一、我和五月有个约会

五月是柳绿的

五月的约会是桃红的

在莺歌燕舞里徜徉

在桃红柳绿里穿梭

让我初闻到诱惑的甜蜜

又让我细嗅内心的芳香

说好了

早在几百年前

我和五月有个约会

咬着爱人温润的耳垂

呢喃燕子的情话

拉着爱人的大手

躲在桃树的后面

让灿烂的笑容开成两朵粉粉的桃花

还有不要忘了

订一张五月的船票

五月的爱河里

将有一只爱的轻舟待发……

二、让我想想吧

深情款款的五月

向我发出了红色的请柬

邀请我去参加

一次爱的云游

可是从早到晚

我都在想

我该以怎样的姿态出现

在镜子前我不够漂亮

在生活前我不够富有

在爱情前我不够从容

衣架里的衣服

我一一试穿

穿端庄的白色

还是妖娆的黑色

口红的颜色

是抹成浓烈的艳媚

还是淡淡的高雅

还有我的头发

是高高的盘起

还是直直的放下

让我想想

再让我想想

我是不是

还忘了什么……

三、五月的盛会

我穿上华丽的衣装

将赴一场五月的盛会

不知道那个爱我的人

有没有耐心等着我的迟到

可我还是不愿草草出场

我注意着每一处细节

我的妆有没有化好

我的笑容自不自然

我的举止优不优雅

我还害怕

这样的五月的盛会

出乎意料的空前

会不会意料之内的后无来者

起点之后会是无限延伸吗

我是不是不够低调

不够矜持

我站在盛会的大门外

想了又想

想了又想……

一阵风

一阵海风翻过栅栏越过堤坝
扑进我的怀里
我怜惜她远途跋涉奔我而来
急忙拉了拉单薄的衣衫
拥她入怀
夜，还没有那么深
可拥抱和抚慰却已早早到来

白马湖的向日葵

那年，我走的时候

没人送我

只有乡野的风，送我一程又一程

那年，我走后

院门从未锁过

替我守门的除了风还有月光

而老屋，一直由小草住着

今天，我回来了

满地遍野的向日葵

齐刷刷地站在路两边夹道相迎

把欢迎词一粒一粒写在脸上

从不敢炫耀我的家乡美

望不到边的湖
一望无际的水
辽阔、深邃、幽远
像流光溢彩的金樽
今夜，请允许我举起满满的洪泽湖
慢慢地，慢慢地小口啜饮

古堰新雨后
清风扑面来
从不敢炫耀我的家乡美
宁静、古朴、崭新
我将把这个聚宝盆传给我的儿孙
里面盛满了游泳的鱼、跳舞的虾、跑步的蟹
和奔腾不息的流水和生命

温一湖的酒，够不够阔气

今夜，我们温一洪泽湖的酒

今夜，天下月，在湖边

今夜，我们邀您到洪泽湖边来

共同赏月，开怀畅饮

这酒，够不够多

这月，够不够亮

这洪泽湖之宴，够不够隆重，够不够阔气?!

一只大螃蟹

踩着月光在湖面上走 T 台

一只小蟋蟀

坐在岸边给我们唱响月光曲

一棵大柳树，甩起了长袖

舞出绿袖子的音律

这洪泽湖之景，够不够美，够不够惬意?!

凭湖临风的洪泽

每一个鱼跃的动作

都是一朵示范的浪花

岔河的稻味

蒋坝的古镇

够不够香，够不够风流？

拥湖揽月的洪泽

每一个伸手的姿势

都是一个标准的指引

西顺河的荷语

老子山的道德经

够不够火，够不够经典？！

还有，还有就是我手中的这支笔

正在和湖里的大青鱼比肩而游

她们从湖里游到了纸上

游啊，游啊

它们黑黑的脊梁

正共同把一个腾飞的洪泽高高举起！

秋日浅吟

一湖受孕的秋水
安静、甜蜜、幸福
还有临盆前的更多期待

我作为大湖的长女
受命给弟弟妹妹们起名
如果是男孩就叫：
大青鱼、大螃蟹、大青虾、大银鱼
小螺丝、小草鱼、小黄鳝、小泥鳅
如果是女孩就叫：
芦花、荷花、菱角花、鸡头花
芨芨草、多节草、湖头萍、枸杞果

近湖的一株水柳
嘲笑我起的名字太土
堤上的大青石也说，确实土

可是大湖母亲却鼓励我说

孩子，土就土吧

众生本来自泥土

该回归乡土

大地给清明献花

嗅一下，再嗅一下

姑姑丁开出了嫩黄的花蕊

苦妈妈苔抽出带刺的剑叶

泥土的芬芳正四处漫溢

大地，这只盛满春天芳香的花篮

已摆上了清明祭祀的灵坛

记忆里味道的甜蜜

被这里的乡村，乡村的这里再一次覆盖

当一只脚触摸到这片土地时

那些久远的童年一碰即活

而一些随身携带的乡音

重又开始婉转——嘹亮

天空用一场小雨给我们洗尘

蹲在村口的百年老柳用一脸的褶子

展开幸福的笑靥欢迎他远游的孩子

一阵乡风以她一贯的慈祥

深情地将我们抚摸

村外圆圆的小土屋里
住着我的爷爷奶奶
他们过着朴素的生活
安步当车、餐风沐雨、宿土眠泥
他们身后躺着古老的山阳河
门前飘着清新的自然风

爷爷，我们来看您了！
跑在我身前的是您绕膝的子孙
走在我身后的是您腋下的儿女
爷爷，您看——
双亲年迈，小儿尚幼
所以请您一定要允许我
代替他们给您——跪下
和我一起跪下的——
还有这烟雨纷飞的清明
和这铺满鲜花的四月的大地

注：姑姑丁，又名谷谷丁，学名蒲公英。

第二部分

顺水前行

SHUN SHUI QIAN XING

惊　艳

盈盈的，是两潭清澈的泉

亲吻我的每一寸肌肤

在蓦然回首的一刹那

嘴角绽放的嫣然

使我的表情戛然而止

如雪似银

是当年华清池中的哪一朵

洗凝脂的芙蓉出水了吗

微风拂过，那满头的黑丝绸啊

是风中飘曳的灵动

眉宇间微蹙的忧愁

是我心中想解的谜

你裹一袭长裙

在我如水的目光里

款款流动

海边拾贝

拾贝壳的小女孩

轻轻一踩

闹醒了海的酣睡

大海伸出长长的舌头

一遍又一遍舔舐着岸边

一枚贝壳被海水送到脚边

捡起来用手擦去上面的水

仿佛拭去大海脸上的一滴泪

甘肃的色彩

在沙漠、在戈壁、在甘肃
绿是一滴幻想
像一只硕大的氢气球被顶在针尖
又像舞女的鞋尖踮在冬天的荒漠
绿之甘肃
像一对被迫分开的恋人，内心的涟漪
或潮水，只在生命的深处涌动

"黄袍加身"的甘肃
黄河黄、戈壁黄、沙漠黄
向天借笔，不小心蘸了太多的黄墨汁
大开大阖地写赞美诗
一个字的颜色都不见涂改
真让人着急
我盼着它出错

从嘉峪关到敦煌
看不见一只飞鸟

只有热浪在天空里上下翻滚

在一片大漠苍凉的古意里

在一片大漠暴热的新境中

人成了一只行走在热空气里的虾

大漠正在将我们冷漠的内心和内心的冷漠

置放在一场大火之上

慢慢地烤

慢慢地等着它变红

凉州词

八月的凉州
再寒冷的诗句都是滚烫的
比如日暮苍山远
再凄清的音符都是熊熊燃烧的火焰
比如羌笛何须怨杨柳
像一个人对另一个人的渴念
不见熄灭

八月的凉州词
还是有一些凉意的
比如坐看今夜关山月
比如古来征战几人回
冷色的词语遭遇酷热的风
对流一浪高过一浪
在文字里
虚拟一场蓄谋已久的大雨

在一首古词的微凉中沉溺

转身也未必能放下执念
那就让行走打开一首词低处的部分
并大声读出来
谁是那个从《凉州词》中
借气的人

我们一路小跑进凉州
王之涣走了，王翰走了
连王昌龄也离开了多时
只有黑夜和站在宾馆墙角的绿萝向我
们打开了手掌

今夜的凉州是风的故乡
经过的人除了读出流浪
还读出了悠远和宁静
一首叫《凉州词》的古诗词里
暖意乍起，光泽陡生

草原情

一棵青草尖叫着从祁连山上跑下来
身上裹满了湿漉漉的雪水
一大批青草在焉支山下的大马营草原上狂欢
绿，在甘肃憋了很久
在张掖的山丹军马场尽情地释放
一眼望不到边的草原
一只鹰张开双翅犁开绿浪
在祁连山，雪就是云，云就是雪
你分不清哪朵是云，哪朵是雪
站在草原上的人，被草原怀抱
面对突然的风来
一定要张开双臂

远处的草原上
所有的马都在低头吃草
它们的眼眶里盈满了泪
低头时会不会跌落在草原
远方啊，你到底有多远

草是草原的坚守者

和广袤无垠一起深居简出

草原的大门一直敞开着

一棵小草

一直在等着你的到来

你不用叩门就可长驱直入

世间所有的秘密于我都在草原

云中的祁连山是你的乳房

只要我俯下身子

从任何一个方向都可以吮吸一口

我把浮躁扔在焉支山，我把肤浅丢给龙首山

我把愧疚送上祁连山，我把不努力递给黑河

今日我将留下

我想留在这莽莽苍苍的草原

像一棵小草一样

年年春天

都能有一个崭新的自己

暮色中的嘉峪关

暮色中的嘉峪关像一个蹲守的男人
内心装着一头猛虎
却一会儿低头轻嗅关内移植的柳条
一会儿又气定神闲地欣赏大漠飞沙

暮色中的嘉峪关又像一个冥想者
端坐大漠中央
这儿的空气很干净
滤尽了尘世的肮脏和烦冗
这儿的月光更干净
舀起一瓢泼向大漠
碎成满地的星光和一些细小的温暖
远处看，一闪一闪的
其中最亮的一颗是你
也有可能是我

暮色中的嘉峪关更像一只锚
牢牢地把自己定在大漠和历史之上

无数个没有星星的夜晚

什么都不做

暮色中的嘉峪关苍凉古朴

关内谁人在吹箫

千年城墙关不住的箫声

冲出内城、外城、城壕

像一柄寒气森森的剑刺破天际

一个小女子蹲在城外的大漠里

抓起一把沙

细细的沙从指缝里漏下

一起漏下的还有月光、星辉、暮色

和对一个人的念想

沙州的暴热

从浮着冷气的大巴车里下来
跳进八月的大漠
仿佛跳进滚开的热水里
从书里学来的经验显然已不够用
一颗葡萄被抽取水分后甜蜜异常
一群人被晒干后显得都很真诚

用塔克拉玛干大漠一望无际的热
来埋藏人间的寂寞和寒冷
历史截取了它
寸草不生和襟怀坦荡

在大漠
整理凌乱的过往和岁月
瘦去的时光重返丰盈
在大漠
只要一滴水

便可以淋湿整个世界

和你的心灵

梁家河

八月的梁家河很热
知青旧居前挤满了人
一些风从山上一路跑来
和风结伴而来的
还有大江南北涌来的人们
火一样的热情

梁家河的风好，水也好
人们在山上种植矮棘松和梦想
在塬上种植苞谷和云朵
风一吹所有的云朵和苞谷都开花了
雨一来所有的矮棘松和梦想都活了
矮棘松是不倒松，梦是中国梦
满地的黄土散发出金色的光泽
展望一个民族前行的路
有人仰望天空
月亮黄而古旧
星斗却是崭新的样子

五千年的绚烂和辉煌

在今夜又开始熠熠闪光

脚踩黄土地的黄，头顶蓝天的蓝

漫山遍野的小花开始悄悄地绽放

一棵矮棘松乘黑夜不备一节一节向上长

长高的矮棘松仍然不倒，任风怎么吹

梁家河的土更好

长高粱、长辣椒、长玉米

长花生、长小麦、长红薯

栽什么活什么

今夜的大山为我们备下清风玉露

野果和满山的花香

与一座大山肩并肩坐着

我们一会儿看看天

一会儿又看看彼此

我看青山似老虎

料青山看我应如是

扬州，我的爱人（组诗二首）

一、我想去看你

扬州，我的爱人

我想去看你

可是我很贫穷，即使我每天节衣缩食

也攒不够去你那儿的盘缠

那我就顺运河南下吧，从淮安到扬州

这一路上，河水是我的眠床

一枚树叶是我的扁舟，驮着淮安的月色

春天里大江边花开的夜晚

去赴一场约会，一个月亮和另一个月亮相逢

我的心事就像这春江的潮水

漫过堤岸流进你的掌心

在你的掌心里流浪，仰望你的辽阔

一棵小草对一片森林的向往

一颗卑微的心有着坚硬的外壳

即使你是我守望一生的恋人

但我仍然坚持自己的表达

一条大河的夜晚是如此的忙碌

急性子的河水一刻都不停留

月色像一件白衬衫披在你的身上

习惯沉默的我，在今晚差一点就泄露了

我藏了很久的秘密

二、我要留下

扬州，我的爱人

我不走了，我要为你而留下

我们就在这大江边成亲，春天给我们送来幸福的暖气

潮水给我们奏乐，花儿是我们的侍女，月亮是我们的证婚人

时间就选在今晚成亲吧，这样可以直接进洞房

海里有许多鱼儿，它们是海的子孙

远处的海岛上有茂密的丛林

那是我们的家园

我们在田里种诗，在诗里收割庄稼

你一定要给我起一个小名，在每一次海水涨潮前

一遍又一遍地呼唤我

我是一个馋嘴的小媳妇哟
早晨，我们手挽着手，徒步去吃富春包子
中午清蒸蟹粉狮子头、扒烧整猪头、拆烩鲢鱼
再上一盘水芹菜和一碗芦花蛋汤
你可以喝一碗啤酒，帮我来一碗鸡蛋炒饭就行了

夜深了，我们相拥着回家
那座在一条大江和一条大河交汇的地方临水而筑的小木屋
那里有我们的儿女在等着我们
我们的理想很简单
搂着他们睡觉，和他们做朋友
把他们培养成有用的人

栖霞山之夜（组诗五首）

一

栖霞山的半坡上

一只牙獐陷在草丛里

像在觅食，又像在寻伴

两只喜鹊一左一右站在枝头

深情对唱

像两位造诣极深的表演艺术家

燕子飞到哪里都有家

一群蚂蚁肩上扛着一块大面包

在树叶铺就的阳光大道上

搬运粮饷，列队行军

生存和繁衍

是地球生物面临的共同话题

人类和它们相比

谁比谁做得好

目前尚无法定论

近处
明镜湖清澈
一张又一张虚幻的脸
渐行渐远
唯有天地和栖霞山
永恒

远处
扬子江滔滔
中华鲟裸对天地
扬子鳄吐着自由的气泡
白鳍豚正在练习潜水
嘘——请保持安静

一座叫栖霞的古寺立在暮色里
寡言少语
有禅意自寺内缓缓溢出
落日放生虚无
万物走向空灵

二

被虚荣反复刺痛的中年
今夜拒绝任何掩饰

被诗词反复伤害的明月
今夜拒绝任何修辞

被爱情反复伤害的夜
今夜蜕下所有的黑
向一切坦白

独立山顶
晓风骤来
有一点冷
撕下月亮的一角朝身上拉了拉
像栖霞古寺里一件阔大的僧袍
我的心在里面
不停地跳啊,跳

三

往月亮的方向飞
沿途星星点点的鸟鸣
它们略显消瘦的身姿
是散养的传说

往月亮的方向飞
那里有一棵古典的桂树
立在月光里
树荫下泊着一个人

阴凉处风大浪也大
中年容易溺水
用距离做必要的引渡
还是旧格局
引用前辈的从前慢

一头扎进栖霞山的夜色里
治愈了我对爱情的恐惧

四

站在高高的枫岭上
用一支笔
赶山撵云

一朵云推着一群山跑
一群山围着一朵云嬉戏
在栖霞山
山是凝固的云
云是移动的山
而枫叶是栖霞山最华美的服饰

一缕清新的风
和一朵花的香
从我的身后挤了过去

伸出双手
月光被碾碎了从指缝里漏了下来
仿佛瞬间点亮的灯盏
微风轻拂
在枫叶上轻轻地晃啊——晃啊

把整个栖霞山都点燃了

五

打开栖霞山
朵朵野花
如墨香未干的汉字开在纸上
青翠撩人

跑动的野兔
首先定下叙事的基调
山水这边独好
生命无限延续

片片红枫是故事的高潮
夜风多情
将一片枫叶的红揽入怀中
把月亮和犹疑逼向天空

千佛岩是故事的升华
企图用一身岩灰的轻
重重掠过一生
惊叹之余，反思生命的虚无与缥缈

望江亭这个细节描写得好

此处收尾虽略显陡峭

可余味绵长

翻阅黄鹤楼（外一首）

翻阅黄鹤楼

从一片白云的悠悠开始

飞檐上挂着的几片白云

有一点旧了，还打着补丁

最忧郁的一片是从崔灏的诗里撕下的

最轻盈的一枚承载过先人的重量

跟每一页白云打招呼问好

隔着千年的时光

翻阅黄鹤楼

从一条江的莽莽开始

滔滔江水将岁月漂洗了一遍又一遍

黄鹤楼上一首诗被另一首诗击中

五月的江城

和梅花一起飘落的

还有小白（李白）那颗自负的心

对岸的渔火啊

我用这首诗的题目引火

就能将你熊熊点燃

翻阅黄鹤楼

从黄鹤楼本身开始

楼前的一棵青草

是黄鹤衔来的信物

远涉千年她还在路边苦等

我的到来缘于她的执着

渺渺尘世苍茫大地

两条大江始终保持一致的方向

一条流在我的心里，一条睡在我的身旁

翻阅黄鹤楼

一卷纸页发黄的线装古书

书里的一横是江水东流

书里的一竖是青山永绿

翻阅黄鹤楼

越翻越厚，越翻越厚……

临江小饮

黄鹤楼上坐满了人
临江的虚位候我多时
我要去那里小饮
给朋友接风洗尘
或者想家想恋人
对饮最好，独酌也行
喝了酒，日暮乡关处处是
喝了酒，江上烟波无人愁

都说李白能诗善饮
滴酒不沾的我
跟他攀上了兄妹
以读他的诗下酒
读到高兴处兄妹俩说啥也要一醉方归
背着他，在诗里一路以酒香为暗号
循着酒香隔生隔世我们兄妹都不会走散

去黄鹤楼临江小饮
千杯不醉

拧诗滴酒

向唐朝的诗坛里撒网

轻轻一拉

随手捞起一首，湿漉漉的

微微拧一下

落下一地的酒香

小李仰起头

诵读一首《将进酒》

老杜低下头

沉吟一曲《饮中八仙歌》

月亮不胜酒力

闻一闻便有了醉意

红着脸，嚷着要去睡了

可诗，多喝了两杯，性情大发

拽住它的衣襟一会儿哭，一会儿笑

像一个孩子

月亮无奈，最后只能住脚

看着这些大诗人们

如何一首又一首

用月

用酒

为他们的诗——注脚

说　破

够了，真的够了
去遥远的地方
只看一眼，一定要轻轻地
但绝不可以说出口
这个世界不知道从什么时候开始
薄如蝉翼
我怕，我真的怕
一说即破

急流勇退的退思园

退，是一门哲学，是变相的进
欲打出拳头的强硬，必先缩回来
其实很多时候
退一步不一定海阔天空
但一定可以保存实力
青山在
绿水流
人不老

日日面水也会变成水吗，或者长成水的样子
以天下至柔，驰骋天下至坚
悟透了人生哲学却不说出来
仿佛这里的乡水，含蓄隐忍而又百折不挠
这是水的计谋还是人的智慧

院子里的桂花
躲在叶子后面细细地开，像个隐居者
欲夹一缕清香在这首诗里

心静时嗅一嗅

翻遍全诗却找不到一个口袋

于是什么也不做，什么也不说

只管悄悄退下

你说我这样做

是不是就和退思园对仗了呢

至情至性的珍珠塔

她是这个尘世里最后一朵洁净的雪莲

生长在远离尘世的陡崖

从久远至今，不停地有人攀爬

虽然路途遥远、山路陡峭

有人倒在路上却幸福地笑

有人睡在崖旁仍在做梦

她是这个尘世里最初的一枚甜蜜的果实

因为稀少永远被人渴望

因为难得永远让人追逐

追逐的艰辛、采摘的辛苦

在"那个"面前实在算不了什么

那个是什么

爱——情——

嘘，小点声

我怕俗世的俗将她染污

长在山坡上的诗行（组诗三首）

一、桃花溪笑成一片海洋

神农的斧轻轻一划

劈出一个白松岭

神农的酒壶

不小心落下地，轻轻张开了嘴巴

流出一片桃花溪

睡在白松岭上的那条龙

在天水里嬉戏

舍身台上舍身不舍生

从云阳河到神仙河

只需轻轻翻一个跟头

站在龙角上的那棵白皮松

在不停地翻阅老子

一翻就翻了千年

那日玄宗突然造访

是人总有把持不住的时候
为此桃花溪笑成了一片海洋

那装满一大山的桃花香啊
谁来
就为谁停留
你来
就为你而停留

二、红叶燃烧着生命

那漫山遍野的红啊
像给大山盖了一床红绸被
今夜正好给大山成亲
上下，左右，前后
大山在山谷里，被掀红浪
如此的喜庆
把看山人的
眼睛和心灵都照亮了

撕下一块红绸
放在韩愈的诗里
那漫山遍野的红

全部化成韩愈的才情和诗文

在燃烧

一夜之后

露珠在清晨醒来

阳光像一层薄薄的白纱

被树枝高高地挑起

露出大山娇美的容颜

大山的一天

从挪着细碎的步子开始

像一个受孕的女人

浑身洋溢着沉甸甸的喜悦

三、自然的召唤

翻遍老子的《道德经》，到处都是流光溢彩的词

是因为这大山的博大吗？洗去了尘世的浮华

是因为这大山的宁静吗？滤尽了世间的喧嚣

在桃花溪里泛舟

把"双溪的舴艋舟"摇过来吧

这里水深，能"载动许多愁"

云阳河像一条白色的水袖，在大山里来回舞动

舞到高潮处，大山轻轻一甩，云阳河就在山谷间飘啊飘

云阳寺里古寨、古刹、古洞、古塔古色古香

爬上紫金顶，做一回太行猕猴

回归自然，回到原始

回到母亲的怀抱，做一个被宠坏的孩子

这一山的野风，没有一粒尘埃

凡是野生的东西都带着大自然的体香

包括这野风，还有我

站在山顶上，不要忘了把太阳抓在手里

它可是取暖用的最好的火炉

到了白松岭就不要走了，站在龙角上吧

站成一棵白皮松，等着另一棵白皮松来相爱千年

回归亭里的不归客不是因为迷路

而是两棵白皮松从此在这里住下了

摸一把合婚石，生一群孩子

那骑在龙角上的是大子

在桃花溪里洗澡的是二子

爬上云阳寺顶的是最调皮的三子……

这神农大山啊！是我们最好的家园

白色的坚持

院子里的树挺拔成挺拔
花园里的花绚烂成绚烂
近在咫尺的一幢建筑
固执地站成了单纯的白色
像一个冷静的思考者

白色的屋子里
一群穿白衣服的人
披荆斩棘，给生命开道
披星戴月，和时间赛跑

白色是他们的信仰
也是他们的理想
白色是他们的坚持
也是生命的坚持

夜凉如水

门，轻轻地在身后阖起来
就把小家暂时给搁下
奔赴一个没有硝烟的战场
那儿没有子弹却有死亡

和病魔争夺胜利
不是每一次都赢
但每一次都必须付出生命的忠诚
因为有太多太多期盼的眼神
他们都是亲人啊，都是亲人

放下手术刀时
鸟儿都睡了，发出轻微的喘息
路灯也倦了，正在路旁打鼾
胃和肠在肚子里摇旗呐喊
饭和菜在桌子上冷嘲热打
它们和爷娘妻儿一起都等很久很久了……

和唐诗恋爱，宋词约会

难得有大把的时间
说什么也要挥霍一尽
花出去的时间
才是自己的日子

唐朝的打更声
将我惊醒
磨磨蹭蹭赖在床上
宋朝的鸡叫了一遍又一遍
遥远的南方，玫瑰暗自芬芳
故国北疆，夜雪白了半壁江山
而我仍在被窝里
和唐诗恋爱，宋词约会

如花的越中之女
顾不得捧心蹙眉
正在忙碌着采莲
驮在马背上的荔枝

暗自得意可以一睹美人的芳容了

虽然结局有一点苍凉

一朝赐死马嵬坡

不过这也没有什么

毕竟三千宠爱在一身过

谁又能逃脱

花落人亡两不知呢

被窝里不适宜诵读

壮志饥餐胡虏肉

笑谈渴饮匈奴血

也不适合吟唱

人生自古谁无死

马革裹尸是英雄

那就想想拈梅轻笑的易安吧

说什么也能营造一点

含笑问檀郎，花强妾貌强的快乐意蕴

第三部分

击水高歌

JI SHUI GAO GE

异乡的街头

坐在异乡的街亭
几株翠竹斜插在路边
两棵绿柳在几步远的地方并排站着
一只丰乳肥臀的蜜蜂一刻不停
用身体里的勤劳、蜜糖
喂养忙碌的时光

这样的竹和柳我的家乡到处都是
可我从来没有像今天这样仔细打量过它们
忽略身边的人和物，却依然理直气壮
故园的春天一直被我关在门外
我以为我听到的银子的响声在远方
裤子左边的口袋和右边的口袋
在比，谁更　贫如洗
却始终难分伯仲

一个早起的卖煎饼的老妇人
让我想起了我的母亲

一朵云有没有母亲

它会不会想家

路边的河水有一点瘦

在家的时候我很少关注母亲

关注河水和流云

我，这是怎么了

方圆十里路宽长，母亲只种一棵树

那就是我

她从来不修不剪任我妄为

今夜我对月扪心

要么在书里，要么在异乡的街头

要么在风雨交加的夜晚

我才会想起母亲

和她烙的饼

稗草的心

到底还是没有忍住
脚一步一步向操场的乒乓球台移去
诱惑像夏日的阳光汹涌地狂灌过来
而空气里似乎又有类似春天的气息
瞬间让人活得生机勃勃

我已深陷其中
母亲却一脸的犹疑
她小心翼翼地选择措辞和表达
在这里，她分不清豆苗和稗草
她大老远跑来是想让一棵豆苗扎根的
我原来却只是一棵稗草
她却怎么也舍不得将我连根拔起

我羞于启齿并愧于抬头
母亲用担心的眼神点燃一场大火
让我瞬间认清了自己

从此在黑色的黑夜里

我用心——看清世间万物

杨二母亲（组诗四首）

一、站在门口的母亲

围裙还没有褪下

也许根本就不打算褪下

她使劲地踮起脚尖

试图站到风尖上张望

朝着杨二回家的方向

围裙好像有一点冷

打了一个寒战，哆嗦一下

西风有点大逆不道

用力吹着杨二母亲的头发

书上不是说了吗

敬人老及吾老

脚边的胡萝卜

吵吵嚷嚷的

把脸都气黄了

你挤我，我推你

最小的那一个被挤出了口袋

天未亮
就开始起来洗了
生怕带泥的胡萝卜
弄脏了儿子昂贵的地板
除了这些和一身的疼痛
她已经拿不出更多的了

二、锅碗瓢盆吵架了

昨天晚上
杨二家的锅碗瓢盆吵架了
把月亮都吵醒了
星星七嘴八舌地议论
第二天
天未亮
杨二母亲就离开了
也许这样的早起
和她一生的早起没有什么两样
但是早晨
我和杨二在楼道里相遇时
杨二低下了头

三、萝卜干

看见杨二女人

把乡下杨二母亲带来的萝卜干

丢进了垃圾桶

心生寒意

隔着这袋萝卜干

她和丈夫该有多遥远啊

她路过我身边的时候

把头抬得高高的

看都没看我一眼

可我看见了

她的两个耳朵是竖起来的

耳朵竖起来的是什么动物

我使劲想了想……

四、吃饭

每次回家都把稀饭

吃得很响

嚼萝卜干的动静

恨不得像踩了地雷

当然还把鸡蛋吃出熊掌燕窝的滋味

因为这样你会笑

弯了的背一下子就直了

然后默默地转身

把母鸡养得更肥

给地里的小青菜喝足了水

再留着一片干净的小院

院子里的柿子树缀满了柿子

像你一样

只会站在那里等

一等就是一生

因为下雪

因为下雪
所以格外地想你
雪花在空中翩翩起舞
犹如我的思念纷纷坠落
去年冬天你送我的
——那首关于雪的诗行
昨夜无端从我的书中悄然滑落

于是我也想写一首关于雪的诗
——给你
可是因为想你
我想不出一句华丽的辞藻
瞧，你比一条条苗条的诗行先行到达

于是不再想词作诗
只是独立窗前
看雪

想你

想象着如果这雪突然停了

你也会和这雪一起悄然撤退吗

期待一场雪

没有雪的日子里

期待一场雪

青春欢快地飞上枝头

和爱情一起翩翩起舞

悄悄地在树枝下穿过

张开双掌

想接一枚爱情的种子

种植在红色的外套里

用贴近胸膛的温度

爱抚它

也许春天的时候

它会在心房里发芽，长大，开花，结果

没有雪的日子里

期待一场雪

铺满大地

路口桥边已被世俗打扰

洁白被踩压时发出黑色的呻吟

只有远方大片的原野

树立起一片白色的图腾

用眼眶取景

用眼球摄像

也许

这白色的纯洁

只能在心灵的一隅

悄悄地珍藏

索

你捉住我的手
用目光侵略我的阵地
我摆脱你的双掌
逃离你的怀抱
洒下一地的巧笑

千辛万苦，你追赶临阵的逃兵
气喘吁吁，我沦陷在你的怀抱
你款款将头低下
我傻傻把嘴咧开
你想用双唇品尝接触
可我的刁蛮，使你又气又恼

你故意转过身去
甩给我你的气恼
我心疼的不知如何是好
用双手从背后将你深深地环抱
欢跳的心脏传递着一个女人的快乐

蔓延的柔情攀缘着一个男人脊梁的高度

你转过身来
闭上眼睛
我抬起头来
踮起脚尖
不过
我仅仅只用睫毛在你的脸上轻轻地滑过
然后嘴角落下一枚坏笑，跑开……

想一个人

想一个人是痛苦的
有一个人可想是幸福的
痛苦地幸福着
幸福地痛苦着
在痛苦和幸福接壤的地方
我站成一棵思考的树
夜夜遥望你在的城市

原地不动
时间不是借口
距离不是理由
跋涉是焦灼的
执着让人负累
可是不管我走多远，走多久
你永远
原地不动

如果

如果没有果实

那就欣赏花朵吧

如果没有结果

就享受过程吧

上帝总是这样

为你打开一扇门的时候

随手又帮你关上一扇门

仍然

仍然会笑，身不由己

仍然会说话，言不由衷

仍然过着波澜不惊的生活

只是偶尔会发呆

如果有一个人抬头仰望天空

那就是我想你的样子

想你时，正好你也想我

一遍遍摁下一排数字
又一个个消掉这些数字
一遍，两遍，三遍
一次，两次，三次

窗外下很大的雨
痕迹已被冲走
悸动却在匍匐
在刚要接通的那一刻
又狠心掐断，像掐掉一朵要开的花

几乎是在同时
一个声音挤进了听筒
被一排没有规则排列的数字击中
浑身战栗
本来是想撒娇的却又赌气了
本来是有很多话要说的
却飞快地掐断了

放下电话，早已是泪流满面
原来那个一直被我们怀疑的叫爱情的东西
在我们的生命里真的来过

目　光

满大街都是声音

此起彼伏

可我的世界很寂静

你的呼吸一直留在那里

阻断了所有声音的入侵

目光穿过整条街道

还翻过两道栅栏

一股人流

在你回首的那一刻

对视

你的目光像一枚图钉

钉进了我的胸口

爱的检查

亲爱的

你空降而至

以爱的名义

对我进行例行检查

抽屉里的那些信拿去吧

看看我有没有情感走穴

手机和电脑也拿去吧

看看里面有没有可疑的分子

还有工作日志

你可不要忘了

里面说不定藏着什么秘密呢

我沉默地静坐一隅

想得全是你的好

我怕如果想到你的偏执

我会不会逃之夭夭

亲爱的

你从天而降

又飞天而去

以爱的名义

对我进行例行检查

可是你忘了一个重要地方

那就是我的心灵

给你（组诗三首）

一、关于你的消息

柳树经过长长的冬的思索

就在昨夜透露了一点点绿的消息

褪去陈年的灰色

一点春意无端乍泄

犹如你坚强的外表下

一个无心的词语将你出卖

寻遍所有的角角落落

收集关于你的消息

不敢也不能向别人提及

唯恐泄露太多的心事

一如这个春天

只在黑夜里吱吱拔节

关注着你的关注

喜爱着你的喜爱

可我知道所有这些

仅仅只是一只乖巧的黑鸟

而你才是我生命中永恒的宫殿

二、再见你一面

亲爱的

好想再见你一面

因为这三月的暖风

更因为这满园关不住的春色

我将雕刻所有相见的时光

细数你头上的每一根白发

再拔掉一根你为数不多的黑胡须

若干年后

当我们毫无缘故地邂逅

我将重数你头上的白发

我想知道

你头上的白发有没有一根

是因为我而白的

哪怕仅仅是一根

我还会将当年拔下的那根黑胡须

重新种植在你的下巴

而这黑白相间的胡须啊

将会是我们生命中永不褪色的黑白记忆

三、相聚

你总是问我

为什么不去看你

为什么不能有一次

单薄的相聚

哪怕只是为这瘦瘦的相思

寻找一个理直气壮的注脚

可是，亲爱的

不能，我不能

社会已交给你跋涉的任务

我怎么忍心再在你的肩上

增加额外的负担

比如你疲惫的身影

比如我期盼的眼神

那就让我把这瘦瘦的相思

寄给月亮吧

新月是你上翘的嘴角

残月是你下弯的眉梢

而满月则是你的开怀大笑

暗　夜

暗夜犹如一枚西瓜，独自畅饮的红色
汁液流过岁月之后，缓缓吐出
一粒黑色
以为接近事物的本质
以为吐出内心的芬芳
老虎的爱情，在我的诗里泣不成声

月亮的背面，是我的影子
我看清了山的容颜
安静就像一枚挂露的叶子
双眼紧闭，睫毛拖下长长的晚礼服
在不停地舞蹈

夜晚袭过来时，我无处可逃
躲在一首诗里，那是多年前写给你的
窗外的风匍匐在地上
试图偷听这个夏天的忧伤和秘密

月亮今晚没有帮我解围
黑色不用捂住我的嘴巴
一粒黑子就让我无法张口
虽然我心里有一肚子想说的话
却只字不再提

碎　月

水面之上一片静谧

水面之下急流暗涌

一轮明月

悠闲地躺在湖水之上

我朝它扔石子

霎时月亮像一件精美的瓷器

在湖面上四处裂散开去

失手击碎——我不该击碎的圆满

然后紧盯月亮和时间的裂缝处

细细地看，细细地看

雨的心事

用纤纤玉指

轻点太阳的额头

一湖的心事

湿了脉脉含情的天空

思念浸泡在雨中

拧出水来

雨季缠绵

柳枝在身后轻叹

雨点和雨点

在湖面上喋喋不休

是一点和另一点在比

谁更一往情深

那人回眸浅笑

想想是掬一捧隐姓埋名的雨水

洒你

还是等天黑了

用收藏起来的青草香味的月色

砸你

高楼后的阴影

一缕阳光

慌张地从门前一闪而过

我使劲拽她的衣襟

也没能留住她的脚步

高楼后的阴影好冷

太阳拒绝去的地方

一个小女子

想用一杯茶的温度

将它捂热

忧　伤

理查德·克莱德曼

被轻轻一踩

泉水就流了出来，细细的

仓促流动的城市，隔着窗户

空调浮成的冰冷

裹紧了玻璃窗上单薄的背影

有水珠从梨花上滚落

垂下的睫毛

纤弱若帘

似一只睡去的蝶

酷

你总是问我

怎么可以

为了一件小事就翻脸

如此壮烈的决绝

如此倔强的沉默

我一直没有告诉你

因为我再笨

也不会把自己的战术泄露

不过今天

我可以告诉你

因为我能忍

不是不疼

而是不让自己疼出声来

你嬉笑着又问我

那今天为什么要告诉我

我头也不抬地答道

因为下次我准备改变战术

你又厚着脸皮问我

下次你准备采用什么战术

我不告诉你……

说完这话

我头也不回地径直走开

春以为期

雨拂离人泪

雪拭不老情

夜深不敢读纳兰

深深情浅浅出

冷了纷飞雨

瘦了点点雪

花去根尚存

星没意犹在

夜深还在读纳兰

苦苦意淡淡悠

欲暖一杯冷酒

盼来了春意还寒

梅蕊早早开

已春迟迟雪

夜深能不读纳兰

镜未磨，心已静
叹其生，泪偷零

隔

你望着我，我望着你
一生都在使劲地看着对方
睡在同一个花生房里的两粒花生
努力地伸手，也没有够到彼此
就因为中间一道小小的隔

就这么望着
一望就是一生
用目光触摸对方的体温
我想它们一定一起用过力
一生只能这样望着
一定不是它们的初衷

这多像两个人
生活在同一个屋檐下
不管他们怎样努力
他们的心总贴不到一起

他们之间也有隔吧

隔着点什么呢

往　事

——听大提琴独奏《往事》

我不知道，我真的不知道

往事是什么颜色的，灰色还是黑色

大提琴用一根弦就将我割伤

难以呼吸，在残喘的一瞬间

我找不到我自己

啊——啊——

当啊声响起的时候

突然就崩溃了，想哭

却没有眼泪，血很冷

会不会冻结，我不担心

我是一个如此执着的女子

我要的纯粹纯净，安静安心

这个世间没有一个人能给得起

跟生活打赌

面对一条河流的走失
我以一贯的姿态沉默

用一个孩子的思维判断
在河的深处有鱼正在活动
其实这种判断并不高明
想跟自己打赌
在双赢和皆输之间摇摆
有第三条路可走吗

不临渊羡鱼，那就退而结网
结出了网也不一定能捕到鱼
那就买几条放在网里吧
鱼会从网里游走
而我为什么一直站在生活的原处不动
我比不上一条鱼

想让自己赢

赢一次，就一次

因为这样我就有勇气继续走往生活的深处

其实我也想做一条鱼

潜入生活的大海

目睹你在欲望的泥潭挣扎

在寂寥的深渊里沉溺

让时间来主宰感性和理性

我想等得久一点，再久一点

让生活也学会排队等候

让自己能够不动声色地离开

当一个人对我说出

你不是我，你怎知我内心的寂寥

一瞬间我就原谅了他所有的过错

我用蹲下的姿势迎接理想的破碎

尽管十指都在流血

想赢的时候没有赢

想输的时候却赢了

生活原来如此幽默

我不得不站起来，挺直脊梁

趁无人在意时，悄悄背过身去

擦去眼中含了很久的一滴泪

穿黑衣的女人

当最后一瓣黑色消融在黑夜里

晚风托起身后的衣襟，高贵脆弱不堪一击

一颗露珠正在远处的草丛里睁开眼睛

成群结队的蟋蟀，时而独唱，时而合奏

柳树站在河边迎来送往

它是某首爱情长句里的感叹号

那个穿黑衣的女人，惨白的忧伤

被黑色的忧郁割开

季节的蓑衣上，未滴下一点雨

每一片树叶都是干燥的

灰尘和灰尘，正在比着谁更有理想，谁飞得更高

黑衣女人的脸上，却早已大雨滂沱

远处蚂蚁正在向大象求爱

夜一遍又一遍企图将黑漂白

却越来越黑

撕下一块暗夜扎住正在流血的伤口

然后端起盛满夜色的酒杯

一饮而尽

罢罢罢

吹吧，春风

你的标签是安静

现世安稳岁月静好是书中的句子

春风之下

一切都将欣欣然活过来

你又说你在写材料

——名校长传

我突然想到这是春天啊

在这个春天里

我也是一根藤条

正在返青

可是我只说

吹吧吹吧

使劲吹吧

我是指春风

世界和我彼此打量

以谦卑的样子

游走在风雨里

游离在人与人的亲密和陌生之间

用自己的思维

打开对方的心理

用对方的角度

反观自己的行为

人、人类和这个世界

也不是永远不可知的

八月的夜晚

稻香乘着夜色的掩护

溜进城

铺天盖地密密麻麻

城市侧了侧身子

想打个盹

瞬即沉沉睡去

在梦里

他梦见有人亲吻他的脸颊

他害羞的弃城而去

几株寂寞的白玉兰

停靠在城市的边缘

她是唯一的见证人

但是她不说

她喜欢兀自开放

在无人的后半夜

静静地、静静地

嗅自己的芳香

栀子花

苍翠的叶子

充盈着我的眼睛

在叶子的背后

一朵花调皮地探出头来

笑了一下

又躲进叶子里

害羞的不肯抛头露面

苍白的脸不施粉黛

即便这样

我的呼吸也被你深深锁住

是的

一切美好的东西都是朴素的

橘子花

如果没有留心观察

不会知道你在开花

如果没有橘子

不会知道你曾开花

犹如自然的造化

给了你惊人的才华

就不再给你盖世的容颜

给了你安逸的环境

就不再给你成功的喜悦

如果给足了你两样

可能又会让你失去生命

就像这棵橘子树

给了他花的卑微和弱小

却给了他果实的甜蜜和硕大

狗尾巴草

生长在无人的角落
却并不寂寞
以特有的宁静
演绎夏日最后的风情

有着平凡的名字
却有着最顽强的生命力
在山的斜坡上
完全疯狂
疯成一片狗尾巴海
我随手摘下一朵
送给偎在身旁的妹妹
妹妹的娇羞
在甜蜜中盛开
是不是玫瑰并不重要
重要的是有没有爱

桂 子

在空气的指缝间
有桂子穿过的痕迹
那缥缈的甜
那隐约的香

穿长裙的女孩
像洗了一把桂子浴
袅袅而过是桂子的埋伏
那蒙眬的双眸
那婉约的长发

我抓不住她的美丽
就像我握不住桂子的香甜
于是
我深深地呼吸
想把所有的空气
连同这个秋天
一起吸进心肺里

迎春花

静默中
孕育了一个冬季
风流这个春季
是你的梦想
没有绿叶的衬托
也没有高枝的炫耀
一场小小的倒春寒算什么
就是突袭的春风和春雪
也只能绕你而去
要开就开到花团锦簇
要争就争到满树金黄

桃　花

你的叶子是今春最深的颜色

你的花儿是今春最俏的脸庞

痴情的崔护哟

也不知你找没找到

梦中的桃花姑娘

待铅华洗去

繁花落尽

结一树硕大的果实

是你今生唯一努力的方向

白玉兰

真的不知道

有一种美可以

如此高贵脱俗

如此冰清玉洁

你静静地独坐枝头

看冬去春回

没有必要用华丽的色彩

引起世人的注目

微风去处

带来你的体香阵阵

长成这个春天里

最茂盛的枝条

蝴　蝶

艳丽过后

便在枝头绽放

我轻轻地靠近

再靠近

一场蓄谋已久的捕捉

仅仅因为你的美丽

蜜　蜂

貌不惊人
又不善交际
忙碌的身影进进出出
远远地看你
远远地
你的螫针是我心中永远的痛
可我仍然爱你
即使遭遇你扎心的拒绝

蜻　蜓

像一朵朵不知名的小花

选择远离人烟的地方

开——放——

若是为了鸣绩邀功

你们不会倾城而出

如此强大的阵容

引起路人的驻足

仅仅是因为大雨欲来

苍　鹰

双翅在空气里

拍打、冲击、翻转

飞翔，以稳健的姿势

似在云层闲庭信步

掠过一座座山

越过一条条河

山是点

河是线

你胸有点墨气自昂

无法逾越的飞翔高度

注定你是一个受人瞩望的飞行将军

盘旋

是为了前进

低飞

是为了向更高处冲刺

绿意七月（外一首）

七月是绿色的
偶尔的红或者黄在七月的绿意里
走散、失守、沦陷

七月的绿
像一场大水
漫过山冈、田野
在每一个细小的角落里停留
一线缝隙就有无限绿色探出头来

远处山顶上的一抹绿
像一枚偌大的祖母绿戒指
戴在大地的手指
阳光下闪出绿光莹莹

七月的河流也是绿色的
水草在河底漫舞
收留一个夏天的绿意

在河流深处蛰伏

七月的人也是绿意盎然的
我、你还有他和她
喝了七月的水
心里一下子都绿油油的

七月的蝉

一只蝉躲在七月里
潜伏已久
用一小片绿意挡住身体
高歌或者低鸣都是表达
在七月的炎热里
蝉声噪噪而又热闹
此起彼伏，独唱，对唱
抑或团体上阵，合唱

一个人站在大树下
静听蝉鸣
却听出了深深的寂寞和荒凉

初夏，一地妖娆

高高地，高高地将长发盘起

留下额前的一绺黑发在风中飘扬

婉转如鲍勃·迪伦的歌声

遮住了藏在脸颊深处的一点点羞涩

还有岁月在额头踮起脚尖的舞蹈

把两朵黄黄的小花别在耳际

这是我向大地借来的耳环

季节的轮回悄无声息

轻轻动一下，想搅动一池静水

两只黄花耳环手挽着手

在岁月的长河里嬉戏

我不敢大声说话

怕摇坠耳根后的芬芳

把洁白的槐花绕成围颈的项链

这是初夏送给我的信物

所有的阳光都把头伸过来张望

年年今日如期送到
我看见一河的期待和守候
不敢打捞

用绿绿的叶和青青的蕾
串成摇曳的手链和叮当的脚链
青草味道的，把绿色的玛瑙都给比下去了
我捡到一地的叹息
数一数，发现还有一颗心
也隐在其中

黄花耳环、槐花项链、绿叶手链还有青蕾脚链
我是大自然的女儿
初夏，盛装而出
黑色的高领毛衣、袭地的多姿长裙
我歪了歪头，拉了拉衣领
转身、回首、浅笑
落下一地的妖娆

走进秋天

小雨，微风，一点点的伤感
一件淡薄的秋衫
随身携带着一句话的温暖
优雅地退出炎热
从容地走进秋天

蓝天，大地，很多很多的寂寥
一树的黄叶正前赴后继地扑向大地
一些已经躺下，睡了
一些正在路上，随后就到
还有一些，坚持守在枝上
叶子对叶子的倾诉
一次是在树上，一次是在地下
坐在一起谈心
是迟早的事情

一块石头的禅意由来已久
不退出也不侵入

远远地，远远地看着
直到石头心里散发出一轮一轮的莲意
连同这个秋天
在四周慢慢地弥散

暗　号

不会打电话给你
也不会去看你
只把你放在心里每天轻轻想一遍
一定要轻轻地
不可以惊动一粒即使是尘埃

如果上天安排一场巧遇或者邂逅
我一定忍住心尖的疼痛
不可以失声叫出来
只把你当成风景的背景
在你背转过身的那一瞬
悄悄溜掉，不可以发出一点点声响
更不能惊动一片甚至是云彩

我只仅仅在这里
用文字做下一路暗号
寻着这些暗号
我们兄妹隔山隔水也不会走散

寻着这些暗号
我们兄妹隔生隔世也定会相逢

你要记好了
我们的接头暗号很简单
你是老虎吗
是，我是老虎

杯水人生

晨起

一定要喝一杯水

洗净前尘往事

让生命的河流奔腾不息

坐到办公桌前

先把着急的事提前执行

再把可缓的事整理清楚

别忘了再喝一杯水

最好是水到渠成

睡前翻一点小书

偶尔也在黑暗里走一些大路

再续一杯水，夜的深处

在内心的河流，以梦为桨

将一天轻轻地摆渡

我又开始写诗了

他们说，好久没有读到你写的诗了
我说有什么办法呢
生活已把我逼到低处
我只能和自然交换信物
我给它汗水、时间和眼泪
它给我空气、粮油还有盐巴

他们说，你太懒了吧
我想说不是的
我每天在数字的大海里捕捞
"1"或者"9"对我来说
都是一条条鱼
加减乘除是一次又一次
是千百次的下海和撒网
而我是那个《老人与海》中的老人
期待一条巨鲸的来临

今晚

我把文字垒成阶梯向上攀爬

希望在偶尔休闲的天窗处

看见你们微笑的脸

纸上岁月长

不分白天和黑夜

趴在一张白纸上忙碌

像一个农民一样

勤勉踏实

给孱弱的词苗施肥

给杂乱的句秧除草

用感叹号有戛然而止的陡峭

用破折号有意味悠深的绵长

早上栽"富足"于村口

晚上移它们至路旁

一张白纸里长出的树

挺拔俊秀

一行汉字里开出的花

富贵吉祥

一排省略号里的美女

她们个个清秀迷人

还带着隐约的体香

石 头

一块石头被爱情击中

努力发出一些声音

忽略交换价值

缺席评奖会

时间让时间

面目全非

年轻的石头

浸泡在老去的时光里

请出被虚掷的月光

那挂在枝头的风

是今晚的红娘

不吐一词，却也一刻未闲

空气里分明嗅到她在掩面而笑

呵呵，叫你使坏

沉默，也是你今晚的证词

清朝的那一块石头

一直被曹雪芹收藏

躲在红楼里做梦
面对命运
它深深弯下腰去
石头蹦了一下
也没有蹦出生活的圈套

目光穿过岁月的隧道
私下揣度
若是碰着暗壁了
石头会不会响亮地叫一声：疼
这一声疼
该让多少人跟着一起心痛啊

因为一场雪

因为一场雪
想念一个人
因为想念一个人
一场雪
在心里久居不化

摔跤

今天下雪

路有一点滑

你说你摔了一跤

想象着你摔跤的样子

你的个子有一点高

重心相对上移

如果向后摔倒

就四爪朝天吧

如果向前摔倒

就野猪戏雪吧

可你偏说是侧摔的

手在空中画了一个美丽的弧度

而且姿势极其优美

家

家，一个熟悉的地方
却只有在陌生的城市里
才会被一遍又一遍地想起
她更像是一个人
一个至亲至爱的人

走在乡间的小路上
家
是童年的小溪、黄狗
是母亲口中的乳名

奔跑在城市的道路上
家
是爱人期盼的目光
是孩子快乐的笑脸

背着空空的行囊
孤独地穿过每一座陌生的城市

家，刚在身后
又在身前

爸爸（组诗）

一、叫你一声爸爸又如何

叫我一声爸爸

给你买冰激凌

歪着小头想了想

爸爸——

全场哄堂大笑

拿着冰激凌

在自己爸爸的怀抱里

巧笑

叫你一声爸爸

你就真成爸爸了？

二、血脉相连

太不听话

揍你

哇——

来

爸爸抱抱

咯——

打人的爸爸

他还是爸爸

三、理想

儿子说：

长大了我要当爸爸

女儿说：

长大了我要嫁给爸爸

激　动

手放下来

又拿起来

坐下来

又站起来

嚯，又站起来

还拐倒了一只椅子

老　汉

一张脸
沟壑分明，纵横交错
一双手
盘根错节，枝蔓旁出
有人开始打趣他
大爷，您年轻时喜欢的女人
现在在哪里
对着问话的人，他羞怯地笑了
笑容里装满了故事

虚实之间的来去自由

任何写作只要进入主观表达，就会发生客观位移。任何个体的观察体验书写都会烙上个人的感情色彩，写作者如想超越自我，除情感上足够真诚、角度上换位思考外，还必须尝试超越单一的人类视角、平面作业，书写对生活、生命与自然的领悟，并敢于直面欲望带来的责难，书写反思与自我拯救，换句话说，一个好的写作者，一定是在虚实之间来去自由，这里的虚不仅仅是指虚构。

我的写作从诗歌开始，刚开始看见什么写什么，可谓写实，那时正处在写诗的第一境界"看山是山，看水是水"，后来我发现诗歌最有意义的部分在哪些看不见的地方，虚的部分，即诗歌的内在升华"看山不是山，看水不是水"，我的诗歌写作开始联想，抽取事物内在联系，但这样太宽泛了，余味不够，可能性不多；有一天我顿悟，"看山只是山，看水只是水"，学会戛然而止，留白，让读者去想像、呼应、理解、发挥，一个高超的写作者在他的文字里总能到处充斥着你看不见、摸不着，却又无处不在地牵动着你的情感和情绪吸附力，《边城》里你可能想知道二佬到底回没回来？《飘》中你时刻都能感受到女主翁斯佳丽带给你的力量，哪怕瑞德一去不复返，因为明天太阳一定是新的。高尔基的《童年》让你感受到俄国男性的打斗能力，夫妻之间、父子之间、男性之间，拳头是他们的表达方式之一。在很长一段时间内我都在思考，如何借助现实的"外壳"，填进我思想的"内瓤"；又如何为思想的硬核，寻找寄居的宫殿，这涉及起码两个虚实处理，写作内容和写作技巧。

随着写作的不断深入，涉猎体裁越来越广泛，从诗歌到散文、小说，我发现无论是那种文学载体，在呈现手法和书写内容上有很多相通的地方，只要你想把一部作品写深刻，就必须处理好虚的部分，必须做到在虚实之间来去自由。比如，在写中篇小说《万水奔腾》的过程中，我时刻提醒自己，人物是实的，而人物性格是虚的，你要想让读者记住你这个人物，就必须处理好人物性格，你要想人物性格在作品里立起来，你必须虚构一些场景、情节、语言，塑造你作品中的人物性格。作者要把自己变成魔法师，上可九天揽月，下可五洋捉鳖。再比如这部诗集中《一条大河在我的生命里行走自如》，"我把月亮从东窗望到西山/望着，望着，它就成了母亲手里的一块炊饼/散发出故乡的味道"这里我就运用了从虚到实，又从实到虚，正向、逆向虚实、实虚处理，月亮是虚的，炊饼是实的；炊饼是实的，故乡的味道又虚了，每个人心里都有一轮月亮，我的月亮是故乡、母亲和炊饼，读者朋友，你心中的月亮是什么呢？让我们互相启发，彼此抚慰；另一首诗《薄雨》，"我怕/我一低头雨水就会从我的脸上流下来/流下时/像又下了一场薄薄的雨/仿佛谁的泪"，我在抽取了雨和泪这两种物与物之间的内在联系后，同时做了虚实处理，雨是实的，泪是虚的；当泪是实的，那种童年生活的苦难和拮据又是虚的了，这种例子很多，这里不再赘叙，好的写作，每一次由实到虚或由虚到实的历程一定是一个化学反应过程，如果把作者的文章比作一个容器，读者朋友的情感或情绪有没有被你带出来？美好的、享受的，甚至愤怒的、憎恨的都是一个写作者的成功。

其实人生也是这样，虚的部分更能让你体会幸福感、存在感，让你体会生命、理想等一些更为宏大的精神层面的词。很多年前，我在一所叫桃园的乡村中学教书，下班后和朋友下棋，下到最后，为一个小卒子，双方争执不下，对方要悔棋，我肯定不让，两个人抢来抢去，最后我一气，把那个小卒子扔出窗外……朋友们，外面下着大雪啊，我的同事穿着毛衣在雪地里愣是找了半个小时，终于将那枚小卒子找回。第二天接着下，让我们沉浸在下棋的乐趣里的是我们两个人的执拗，不是那枚棋子，那枚棋子只是承载我们精神的媒介，如果当时其中有一个人想，唉，算你赢又能怎么样，不就一枚棋子，不给悔就不悔或者让你悔，那这棋下得肯定没劲。人生也是一样，一饭一粥让你活得踏实，而过程、方式、成就这些虚词让你活出意义和高度。文学，一般人不理解，整天写，写什么写？那一堆的字饿了能当饭吃，冷了能当衣穿？咦，当你静下心来不停地写，不停地写，一直写到你发现文学的无用之用时，你就不是一般人了。